Един ден Малката Червена Кокошчица се разхождала из двора на фермата, когато намерила няколко пшеничени зърна.
“Мога да засадя тази пшеница, - помислила си тя - но ще ми трябва помощ.”

One day Little Red Hen was walking across the farmyard when she found some grains of wheat.
"I can plant this wheat," she thought. "But I'm going to need some help."

Малката Червена Кокошчица извикала другите животни от фермата:
“Ще ми помогне ли някой да засадя тази пшеница?”
“Не мога, - казала котката - Много съм заета.”
“Не мога, - казало кучето - Много съм заето.”
“Не мога, - казала гъската - Много съм заета.”

Little Red Hen called out to the other animals on the farm:
"Will anyone help me plant this wheat?"
"Not I," said the cat, "I'm too busy."
"Not I," said the dog, "I'm too busy."
"Not I," said the goose, "I'm too busy."

Малката Червена Кокошчица и пшеничените зърна

The Little Red Hen and the Grains of Wheat

Retold by L.R.Hen
Illustrated by Jago

Bulgarian translation by Nina Petrova-Browning

MANTRA LINGUA

“Тогава ще го направя сама,” - казала Малката Червена Кокошчица.
Тя взела пшеничените зърна и ги засадила.

"Then I shall do it all by myself," said Little Red Hen.
She took the grains of wheat and planted them.

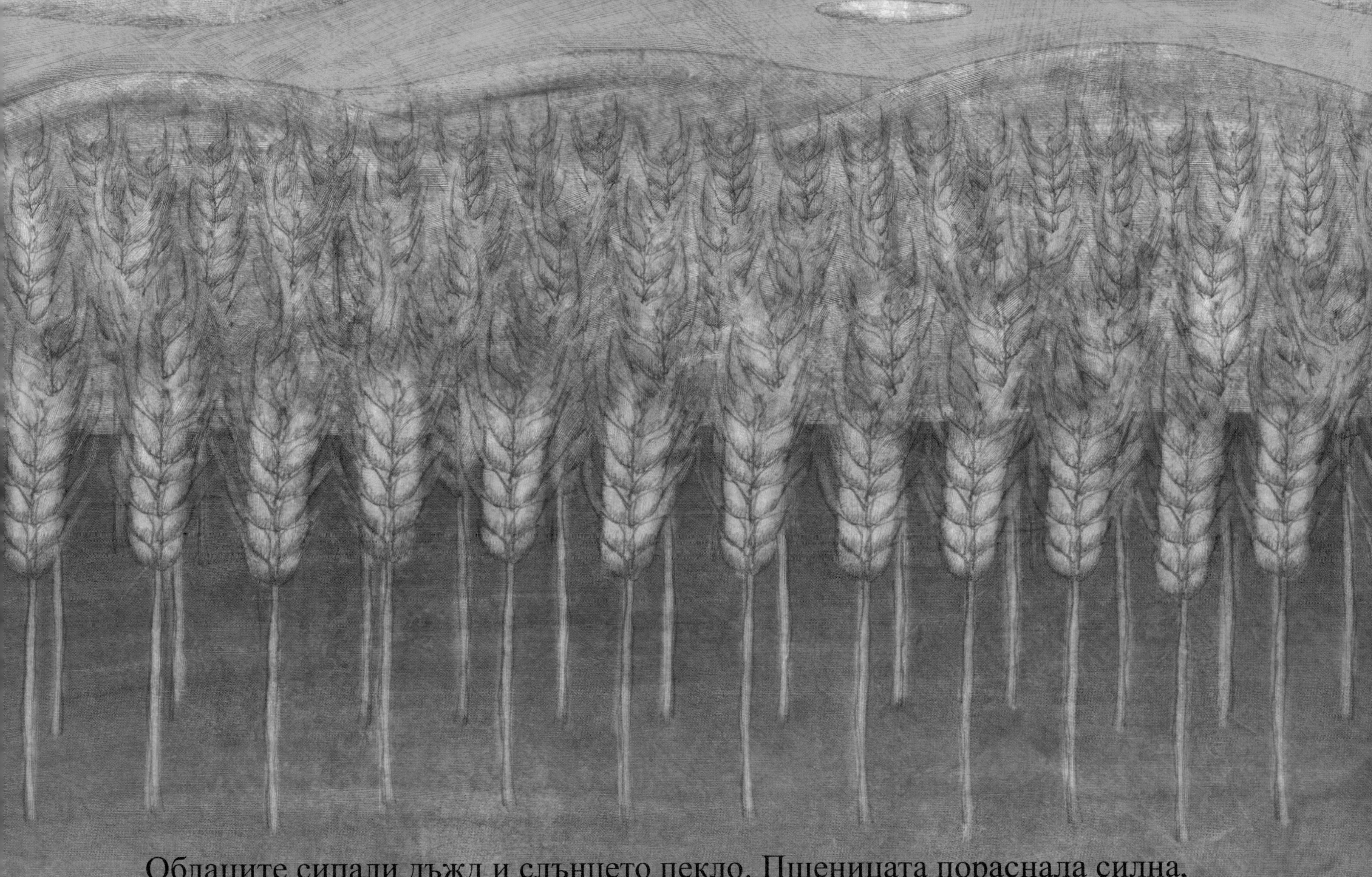

Облаците сипали дъжд и слънцето пекло. Пшеницата пораснала силна, висока и златиста.
Един ден Малката Червена Кокошчица видяла, че пшеницата е узряла и е вече готова за жънене.

The clouds rained and the sun shone. The wheat grew strong and tall and golden.
One day Little Red Hen saw that the wheat was ripe. Now it was ready to cut.

Малката Червена Кокошчица извикала другите животни:
“Ще ми помогне ли някой да ожъна пшеницата?”
“Не мога, - казала котката - Много съм заета.”
“Не мога, - казало кучето - Много съм зaeтo.”
“Не мога, - казала гъската - Много съм заета.”

Little Red Hen called out to the other animals:
“Will anyone help me cut the wheat?”
“Not I,” said the cat, “I’m too busy.”
“Not I,” said the dog, “I’m too busy.”
“Not I,” said the goose, “I’m too busy.”

“Тогава ще го направя сама,” - казала Малката Червена Кокошчица.
Тя взела един сърп и ожънала всичката пшеница. После я завързала на вързоп.

“Then I shall do it all by myself,” said Little Red Hen.
She took a sickle and cut down all the wheat. Then she tied it into a bundle.

Сега пшеницата била готова да се овършее.
Малката Червена Кокошчица занесла вързопа с пшеницата в двора на фермата.

Now the wheat was ready to thresh.
Little Red Hen carried the bundle of wheat back to the farmyard.

Малката Червена Кокошчица извикала другите животни:
"Ще ми помогне ли някой да овършея пшеницата?"
"Не мога, - казала котката - Много съм заета."
"Не мога, - казало кучето - Много съм заето."
"Не мога, - казала гъската - Много съм заета."

Little Red Hen called out to the other animals:
"Will anyone help me thresh the wheat?"
"Not I," said the cat, "I'm too busy."
"Not I," said the dog, "I'm too busy."
"Not I," said the goose, "I'm too busy."

“Тогава ще го направя сама,” - казала Малката Червена Кокошчица.

"Then I shall do it all by myself!" said Little Red Hen.

Тя вършала пшеницата цял ден. Когато свършила, тя я сложила в ръчната си количка си.

She threshed the wheat all day long. When she had finished she put it into her cart.

Сега пшеницата била готова да се смели на брашно. Но Малката Червена Кокошчица била прекалено изморена, затова отишла в хамбара, където скоро дълбоко заспала.

Now the wheat was ready to grind into flour. But Little Red Hen was very tired so she went to the barn where she soon fell fast asleep.

Рано на другата сутрин Малката Червена Кокошчица извикала другите животни:
“Ще ми помогне ли някой да занеса пшеницата до мелницата?”
“Не мога, - казала котката - Много съм заета.”
“Не мога, - казало кучето - Много съм заето.”
“Не мога, - казала гъската - Много съм заета.”

The next morning Little Red Hen called out to the other animals:
"Will anyone help me take the wheat to the mill?"
"Not I," said the cat, "I'm too busy."
"Not I," said the dog, "I'm too busy."
"Not I," said the goose, "I'm too busy."

“Тогава ще го направя сама,” - казала Малката Червена Кокошчица.
Тя затеглила количката си, пълна с пшеница чак до мелницата.

"Then I shall go all by myself!" said Little Red Hen.
She pulled her cart full of wheat and wheeled it all the way to the mill.

Мелничарят взел пшеницата и я смелил на брашно.
Сега била готова да се направи от нея хляб.

The miller took the wheat and ground it into flour.
Now it was ready to make a loaf of bread.

Малката Червена Кокошчица извикала другите животни:
“Ще ми помогне ли някой да занеса това брашно в пекарницата?
“Не мога, - казала котката - Много съм заета.”
“Не мога, - казало кучето - Много съм заето.”
“Не мога, - казала гъската - Много съм заета.”

Little Red Hen called out to the other animals:
"Will anyone help me take this flour to the baker?"
"Not I," said the cat, "I'm too busy."
"Not I," said the dog, "I'm too busy."
"Not I," said the goose, "I'm too busy."

"Тогава ще го направя сама," - казала Малката Червена Кокошчица.
Тя понесла тежката торба с брашното по целия път до пекарницата.

"Then I shall go all by myself!" said Little Red Hen.
She took the heavy sack of flour all the way to the bakery.

Пекарят взел брашното и добавил малко мая, вода, захар и сол.
После сложил тестото във фурната и го опекъл.
Когато хлябът бил готов, той го дал на Малката Червена Кокошчица.

The baker took the flour and added some yeast, water, sugar and salt.
He put the dough in the oven and baked it.
When the bread was ready he gave it to Little Red Hen.

Малката Червена Кокошчица носила прясно изпечения хляб през целия път до двора на фермата.

Little Red Hen carried the freshly baked bread all the way back to the farmyard.

Малката Червена Кокошчица извикала другите животни:
“Ще ми помогне ли някой да изям този вкусен пресен хляб?”

Little Red Hen called out to the other animals:
"Will anyone help me eat this tasty fresh bread?"

“Аз ще ти помогна, - казало кучето - не сам зает.”

“I will,” said the dog, “I’m not busy.”

“Аз ще ти помогна, - казала гъската - не сам заета.”

“I will,” said the goose, “I’m not busy.”

“Аз ще ти помогна, - казала котката - не сам заета.”

“I will,” said the cat, “I'm not busy.”

“О, ще трябва първо да си помисля!” - казала Малката Червена Кокошчица.

“Oh, I'll have to think about that!” said Little Red Hen.

Малката Червена Кокошчица поканила мелничаря и пекаря да споделят с нея вкусния хляб, докато другите три животни само гледали.

The Little Red Hen invited the miller and the baker to share her delicious bread while the three other animals all looked on.

1 2

Ключови думи

little	малък	clouds	облаци
red	червен	rain	дъжд
hen	кокошчица	sun	слънце
farmyard	двор на ферма	ripe	зрял
farm	ферма	plant	садя
goose	гъска	cut	жъна
dog	куче	sickle	сърп
cat	котка	bundle	вързоп
wheat	пшеница	thresh	вършея
busy	зает	grind	меля

key words

flour	брашно	tasty	вкусен
the mill	мелница	fresh	пресен
miller	мелничар	delicious	вкусен
ground	смилам	all	всички
bread	хляб	she	тя
baker	пекар	he	той
yeast	мая		
water	вода		
sugar	захар		
salt	сол		

First published in 2005 by Mantra Lingua
Global House, 303 Ballards Lane London N12 8NP
www.mantralingua.com

This sound enabled edition published 2016

A CIP record for this book is available from the British Library

Printed in Paola, Malta MP140516PB06163932